Blue no tokimeki

ブルーのときめき

Miyuki Kashiwazaki

柏崎深雪

文芸社

◇ブルーのときめき◇もくじ

幸せの一ページ

なんて心地好い日なんでしょう。

昨日とは打って変わって今日はいいお天気で、外に出かけたくなるような気分。

「おはよう」……土・日だけ私から電話コール出来る唯一の会話で一日が始まります。それは楽しみでもあるけれど、淋しい一日の始まりでもあるのです。

忙しい彼は仕事に追われる日々を送っていて、私とはまったく別の世界にいる人。人に気遣いすることなく、自分だけの時間を送る私。私が怒っても、わがまま言っても、彼にはさらりと流されてしまう。そしていつの間にやら彼のペースにはまっている。

――先週はとても楽しい一日を過ごせました。満足しています。すべてが貴方《あなた》まかせでしたけど、一日中ずーっと一緒にいられたからとても幸せでした。貴方の仕事に初めてついていったけど、あのイベント会場にはびっくりしました。広すぎて、ただただ迷子にならないようにと、ひたすら貴方から離れないようにしていましたっけ。こんなに大勢の人が集まるのかと不思議な感じもしていました。

昼時《ひるどき》に、いつもなら並んでまで食べることなどイヤなのに、我慢して一緒に並び、やっとの思いで食べたけど、ふと貴方の顔をのぞき込むと、おだやかな顔をしていたのがうれしかったです。午後は午前中に見られなかった場所を歩きましたけど、まるで夢の中にでもいるような、色鮮やかな商品の数々。当分、頭から離れそうにありません。

でも、貴方のちょっとしたしぐさもうれしかったなあ……。あれこれ見て回っていて、ふと貴方の足がとまった時がありましたね。そこには絵が飾られていましたが、「いいね」と言った貴方から、「どれがいいかさがして」と言われて、私が感じたままの一点を示しましたけど、「いいのかな」って思っていました。だって私の好みだけで選んだものだし、心配だったけど、私へのプレゼントだと知らされた時はうれしかったなあ。ありがとう。

久しぶりに二人っきりで過ごせて幸せでした。仕事とプライベートは別だけどね……。これからもお互いがいい活力源になるならいいな。

明日からまた仕事がんばろう！　こんなに幸せなんだもの。

夢の中の私

すごーく冷たい風が吹いてる。一人だと寒いでしょうね。一緒にいてちょうどいいのかも……。

でも現実には貴方はいないし、せめて温かい飲み物でも飲んで体を温めようかなって思ってる。心の中までじーんとするような。

今週の土・日はやはり忙しいのね。ホント、貴方は忙しい人なんだから。たまには私もがんばろうと思ったけど、風が強くて足がすくんでしまいました。気持ちが足りないんだ、と言われても仕方ないね。

最近、夜中に妙に変わった夢を見るの。どこかなつかしいんだけど、つらい夢でもあります。私の中で何か変化でもあるのかしら。貴方に言わせると、もともと私が変なんだからと笑われてしまうけど……、ちょっと二、三日休みでも取って旅でもしようかな。すべてを忘れられるように――。

ふるさとは、今頃寒いんだろうな。でもあの冬景色は最高。おいしい空気吸って、ピーンとはりつめた風と、あの静けさの、なんとも言えないところが大好き。

周りにいる人たちは、一人で出かける私に対し、「暗いね」って言うけれど、そんな時間を過ごすのも大事だと思うの。私は常に人間らしく生きていたい。しょせん最後は一人だものね。だったら多少のこだわりを持って、有意義な時を過ごし、楽しんだほうがいいもの。

自分を大事にしたいとも思います。この頃やっと自分が好きになれた感じがするのです。一人の女として輝いていたいし、年はとっても若々しくありたいし、常に笑顔でいたい。ステキに生きたいじゃない、お互いに！

一人で缶ビールを空けているの。さほど飲みたいわけでもないんだけど……。淋しいからかもしれない。

部屋の中をやたら片づけたり、ボーッとしていたけど、頭痛がしてつらい。今日一日、私はいったい何をしていたんだろう。一人でもいいじゃない、どこかに行ってくれれば、と自分に言い聞かせても、体が動こうとしないの。弱い自分が情けなくなる。人一倍淋しがり屋の自分がイヤになるのです。

くるはずもない電話をじっと待って苛立っている。こんな自分を変えなくちゃ、と思うけど出来ない。ますます自分がキライになっていく。

風のようにどこへでも行けるならどれだけ幸せだろう。私とは別の、強くてやさしい面を持った人たちと知り合えたら……。そんな人生もいいかもしれない。そうしたら私も生まれ変われて強くなり、貴方のもとに帰れるかも――。
その時に、貴方が別の人と……なんてこと考えたら淋しいけど。
貴方のそばにいたい。

休日のぬくもり

なんて暖かい日なんでしょう。自然に感謝。

一週間ぶりの休日でも、貴方は仕事なんですね。モーニング・コール、さわやかな貴方の声が響いてくる。ひととき幸せな気分になりました。

昨夜夢を見たの。久しぶりのツーショットはうれしかったなあ。逢いたい。話したいこともいっぱいあるし、顔も見たくなりました。

テレビに映るふるさとの映像が目に焼きついてしまいました。いいよね、生まれ育ったところだから、どこよりも最高にいい。土も水も、すべてのにおいが好き。

会いたいな、ふるさとに。広々とした海に。子供の頃、つらい時や泣きたい時はいつも海に行って、大声を出して思いっきり泣いたっけ。広い海って、まるで貴方のような存在かも。安心していられるから。でも、怒るとこわいけどね。

のんびりと、疲れた体をいやしながら飲むお酒は特別おいしいよね。同じつまみをつまみながら、会話もはずむ。周りの人たちの会話も楽しく返ってくる。

静かな中に、笑い声が響いてきました。楽しいひととき。時間を惜しむかのように、今日の日を過ごしています。私の好きな時間。すべてのものが酒の肴になってくれるから不思議。

もう日が暮れてきました。日がのびて一人でいる時間がふえたせいか、なぜかうれしくなるのです。のんびりと風呂に入り、ほのかな思いを抱いて出かけようか――。わずかな時間を楽しみたいから。いろんな出会いもまたいいじゃないか、なんてブツブツ言いながらね。

明日からまた忙しくなるしね。明日になったら今のような気分はすべて消して、仕事のことだけが頭を占める。こわいとさえ思えるの。そこには悲しささえあるのです。

でも貴方はいつも、仕事をがんばってる人が好きだって言ってるよね。私もがんばろう。

モーニング・コール

外は強い風が吹いてる。唯一の楽しみであるモーニング・コールが出来ず、淋しい朝を迎えました。友達も、今日は用事があって出かけると言うし、なんの用もない私は一人ぼっちで無気力気味。電話のベルも鳴らず、かといってこちらからかける気力もなく、ただただ受話器をながめている私。

こんな週末が今まであったかしら。人恋しくなってしまう。貴方にはわからないでしょうね。

やっぱりいけなかったのかしら、貴方を好きになったことは。私だけ味わっているのかしら、こんな淋しさ。つい自分だけ――と思ってしまいがちだけど、ごめんなさいね。でも、これからだって変わらないだろうけど、幸せな気分とこの淋しさは同じように何度も繰り返すのかもしれない。

聞きたくないことを聞いてしまった時は、さすがにこたえて、涙がとまらなかった。でも今までなんとか切り抜けてきたから、これからだって大丈夫かも。貴方を知れば知るほど、心豊かな人だと感じているの。淋しいことの一つや二つあってもがんばってみようと思います。一日一回はかならず電話くれるし、声が聞けるから。

来週は休みを取ってくれるって言うし、久しぶりに出かけられるのね。ありがとう。うれしいな。海へ連れてってくれるかなあ。ねだってみようかな。大好きな魚料理でも食べて、お酒もおいしくいただいて……なんて考えると、急に楽しくなってきちゃった。

いつも言われるけど、私っておかしな女ね。コロコロ気分が変わるんだから。

でもいいか、なんて笑って終わりだものね。「もう淋しくないだろう」という、電話での貴方の声。早く来週がこないかな、なんてワクワクしている気の早い私です。何事にも素直でいようといつも言う貴方だから、淋しいとか、逢いたいとか、飲みたいとかいつも本音で電話することにしています。これからもよろしくね。

ケンカしても、次の日にはもう忘れてるって人だから、なんだかうれしくなってしまいます。

恋しいよ

激しい雨の中、多少は悩んだけど、貴方が見たがっていたのを私が代わりに出かけ見てきました。初めてかな、東京へ一人で行ったのは。

二人で行くはずだったのに、忙しくて行かれないと、とても残念そうにしていたのが私にもわかりました。私が手に入れた資料や絵を目を丸くしながら、釘付けになって見ていた貴方。

でも、行って良かった。こんなにすばらしい一日を過ごせたのも貴方のおかげね。ありがとう。一人で行くのは淋しかったけど、強い雨の中、そんなことを考える間もないくらい寒くてふるえていたの。足が冷えてしまって、硬くなっていくのを感じながら絵に見入っていた私。私がこんなに感動したのだから、貴方がどんなにか見たかっただろうと思って求めてきた資料だけど、せめてこの思いが伝わったらうれしいわ……。

そして雨の中のお迎えありがとう。一気に寒さもふっとんじゃった。

ステキな週末を送れました。ほんとうに良かったです。今度は一緒に行きたいね。多分数十年後になるかもしれないけど、その時は楽しみも倍になるだろうし、幸せな気分も二倍になるでしょう。同じものを見て、二人で感じるのが一番いいものね。

それに加えてもう一つうれしかったのは、貴方が休みを作ってくれると言ってくれたこと。私の用事のために、大事な休日を作ってくれるのね。ありがとう。

今日はなかなか眠れない。長い一日になりそうです。

散歩道

またしても今日は雨でしたね。でも、途中からはカラッと晴れて青空が見えてきましたね。神様がごほうびをくれたのかな。神様がやさしくほほえんでいるかのように、天気はおだやかになりました。

握っている手も汗ばんでいました。久しぶりのドライブで、胸がはずんでいるのがわかりました。貴方からいろいろなアドバイスを受けたり、注意点など聞きながら、心は空高くにありました。会話もはずみ、笑いがたえませんでしたね。

結構行き慣れていた山であれ道であれ、ふだんとはちがったところを通っていくと、意外と今までとはちがった感じがするものね。新鮮さを感じました。貴方は私よりもずっと大人です。ものの考え方から人との接し方まで。貴方の温かさが伝わってきました。もうちょっと私も大人にならないとね。

そういえば、久しぶりかな、腕くんで散歩したの。寒さもどこかにいっちゃった。長い時間歩いて、匂いたつ花の香りも甘く思えたね。ほんとうにゆったりとした一日でした。

はじめてのケンカ

頭が重い。体全体が重くてやりきれないのです。一日中涙がとまらずに泣き通しました。一人で必死な思いをしながら酒を飲んだせいか、二日酔いみたい。目もはれ上がっています。そんな自分自身に腹も立てています。

一緒にいてあげると言ってくれた友達に励まされ、ドライブに連れていってもらったけど、その一日がつらかった。

私が悪かったのかもしれません。やっぱり一人で先に飲んでいたのがちょっとまずかったかな、と反省しています。どうしても気になって電話したの。「ごめんなさい」としか言えなくて……。でも返ってきた貴方の言葉は、「わかっていればもういいよ」の一言。「ありがとう」と二度も繰り返してしまいました。

その話を友達にしたら彼女は笑っていました。

せっかくの楽しい思い出がどこかに逃げていっちゃうよね。気をつけます。

ごめんなさい。でもなんだったのかしら、昨日の私。ホントにバカでしたよね。

もうすぐ楽しみもやってくるというのに……。

今日は寝る前に、もう一度電話くれると言っていたから、早めに仕事を片づけて、心も体もすっきりさせて待つことにします。明るく、会話もはずむように——。

「気をつけて、楽しく行ってきなさい」

「はい、ありがとう」

「おやすみ」

海外へ

早朝のモーニング・コール。私にとってのはじめての海外の旅で、逸《はや》る気持ちを体全体で感じ、気持ちが通じた時はうれしかったなぁ。

別世界でした。見るものすべて、今まで思っていたのとは三六〇度ちがって。でも空はどんよりしたなんともいえない感じだったけど、みんながんばって生活してるんだよね。ここの人たちには普通なのかもね。食べるものも同じで、でもそれなりにおいしかったな。人間って不思議だと思う。それなりに合わせられるのだから……。

すべてではないけど、帰ってきたら空気がこんなにおいしいなんて感激しちやった。でも最高の旅でした。

ケンカして出かけたので「今日はいい顔しているよ」って言われてうれしかったなぁ。あとはもう会話にならないくらい幸せなひとときを過ごせて。二人で今日に乾杯。

きっと夢の中に二人で旅している姿が出てきそう。『時間が止まれば』とちょっとだけ思っている。

二人だけの時間

おはよう。今日は風が強くて寒そうですね。朝は、きっときっと起きられなかったかも……。心配だったけど、でもどうにか起きられてほっとしました。

「おはよう」の一言で、一日の感じが変わってくるのよね。お互い楽しく過ごしたいものです。どんなにケンカしても、きちんと電話はしてくれる。逢えなくとも、いつもそばにいるような気がしています。

昨日はとても楽しかった。ワインもおいしかったね。

そういえば、貴方にたくさんイヤな思いさせていたこと気づかずにいてごめんなさい。一人で悩み、一人で怒ってケンカして、貴方を困らせていたのですね。貴方のことを知りつくしているかのように錯覚していたのかも――。何も理解していなかったんだってわかったわ。

二人で出かけておしゃべりしていても、周りの人たちは別の世界にいるのよね。私の気遣いが足りなかったのに、貴方はじっとがまんしてくれていたのね。ごめんなさい。

自分が話している時は相手にも聞いていてほしいよね。私も同じ気持ちのはずだったのに……。二人でいる時間はこれからも大切にします。忙しくて、いつもいつも一緒にいられるわけじゃないからこそ、その時間を大事にしなくちゃね。

いつも「淋しい」と言っては貴方を困らせてしまう私です。貴方が怒っても当たり前かも。考えてみたら、最初の頃に言ってたわね、「一人になるのはキライ、二人だからいいんだ」って。

他の人のことは気にしないことね。二人でいる時は、じっと貴方を見ていられることが幸せなんだから、他の人のことなど関係ないのよね。たとえ話しかけられても、彼らの話に入っていくのはキライだって言ったよね。僕だけの君なんだからって……。ごめんなさい。

いつも「ごめんね」ばかりで怒られそうね。でも、もう二度と同じことはしませんから許してね。でもうれしかったのよ。本音で怒ってくれたことが。そのあとも大事に接してくれたし、幸せな私。

これからもわがままな私ですけどよろしくお願いします。あとからずーっとついていくつもりですから。

出会いと別れ

体の痛みをおしての長旅というのはせつないけれど、久しぶりに電車に乗っています。大事な人との別れをしている友達のために――。

いずれは誰にでもくる死ではありますが、でも、それにいつ直面するかはわからないことです。人と人との別れは、通常ならやがては心いやされて、新たな出会いも訪れるけれど、一生の別れにはそれがありません。

命あるものすべてがさけることは不可能です。友はつらさをこらえているにちがいありませんが、私には何も言えません。ただそばにいてあげることしか出来ません。気持ちが落ち着くまで、そっと見守ってあげたいのです。

自分の立場におきかえても、おそらく私なら耐えられないのではないかと、ふと思います。貴方がいなくなるということは考えられないから、生きていくことに自信をなくしてしまうでしょうね。

友は戸惑いを隠せずにいました。涙はとめどなく流れ落ちていました。私も、天井を見上げては必死で涙をこらえていましたが、どうしようもなく悲しかったです。

人の命など、一瞬のうちに失われることもあるのですね。その人は、痛さも苦しさも感じないまま、空に昇っていってしまったのです。

そんな時、ふと両親のことを思い出しました。無性に会いたいと思ったのです。なぜかこんな日は、必ず夢を見るのですよ。目覚めると、泣いていたことに気づきます。ほんとうに会いたいなあ。もう一度、母に会いたい。

でも最近はだいぶ強くなったのよ。写真を見てはいつも涙していたけど、この頃は泣かなくなったもの。会えたら、大好きな酒と肴で飲み明かしたいなあ。それも大好きなカラオケを歌いながらね。

私は何を考えているんでしょうね。母が笑っているかも。でも悔しかったら空から、ほんのわずかでいいから帰っておいでよ！　残念ながら、私はまだそちらへは行かれないんだから。

でも、一つだけ私にも悔しく思うことがあるのよ。それは母が年を取らないでいること。私はどんどん年を取っていくんだもの……。

まあ、その分二人して仲良く過ごしているから、幸せなんだからいいか。

――明日はいい日でありますように。

友達も元気になること願っています、と心につぶやきながら。

心の痛み

ここしばらく雨が続いていて、気持ちまでうっとうしくなっていたけど、貴方といるとふっとんじゃうね。不思議とおだやかな気持ちになるの。

今日はとってもいい天気で、昨日までのキレそうになっていたモヤモヤが幾分おさまった感じ。あそこまで自分をなくすなんて、よっぽどだったのね。

でも人間て勝手なものね。動物だって同じだけど、一回言えばわかる人もいれば、理解出来ずに二度三度言われてやっとわかる人もいると思うの。言いたいことがあっても、この人には言ってもムダだと思うこともあるし……。あとは、意外と自分の言っていることはすべて正しいと思っている人もいれば、他人は自分よりおとっているると思っている人もいるし、他人のことならなんでも言うのに自分のことを言われるのが許せない人もいれば……、人ってそれぞれよね。

私はけっして争いごとは望まないの。だって何も残らないじゃない。残るのはみじめな思いだけ。それに、私は耐えてまで仕事はしたくないの。

心の痛みとかを味わった人って、他人にもやさしくなれるし、人の気持ちも痛いほどにわかると思うの。

やはり常にマイペースでいくのがベストかも。人に左右されず、自分らしく仕事が出来たらどんなに幸せでしょう。苦労だって、それなりの喜びもえられると思う。やっぱり普通でいられるのがいい。まあ、その普通というのがなかなかむずかしいんだけど。今の世の中、こうしたことがだんだんと忘れられているんじゃないかしら。でもみんな、表に出さないだけで、裏では計り知れない思いを抱いているのかもしれないね。

がんばっても報われない日もあるけれど、それなりにがんばっていこう。あせらず、一歩ずつゆっくりとね。

ワインと三日月

あっという間に週末が終わろうとしています。

今週、私はいったい何をしたのかしら。何一つ納得出来ない日々を送ってしまった感じです。私らしくない。心ない人に振り回されてしまったようで……。でも、私さえしっかりしていればそれなりに仕事は出来たのに、と思うと頭が重い。

落ち込んでいる私にとってのせめてものやすらぎは、一人で何もせずにボーッとしている時間と空間の中、頭を真っ白にすることです。「明日からまたがんばろう」とつぶやきながら……。

こんな私の気持ちが通じたかのように、貴方から電話をもらったの。「ワイン飲もう」って。

なんとも言えないこの瞬間。グラスに注いだワインは、心まで透き通るようなワインレッド。きれいね。心の中までしみていくように、静かに喉の奥に入っていったわ。もう夢の中にいるみたい。

お酒って不思議なものね。っていうより、私が「不思議なもの」と思い込んでいるだけかな。ほんとうのところ、現実から逃げているのかもしれないけど。

貴方はさほど口にしなかったけど、私の顔色を見てわかっちゃったのかしら、やさしくほほえんで「おいしいね」と一言言ってくれたわね。私の行動にはいっさい口をはさまないし、ただ何かあった時、私のほうから電話して聞き役に回ってくれる貴方。

そんな貴方に甘えてきちゃった。きっとハラハラしてるんだろうけど、私を信じてくれていることがうれしいの。私も貴方を信じているから、その行動に対してはいっさい何も言わない。仕事がら、いろんな人との付き合いもあるけど、でもたまにはちょっと妬いてくれてもいいのに、と思うこともあるのよ。

――今日はラッキーだったな。おいしいワインが飲めて、ちょっと酔っちゃったようないい気分でした。つい大きな声で言っちゃったよね、「大好き」って。貴方はテレながらも「ありがとうよ」って言ってくれた。

ほんとうにありがとう。今日はきれいな三日月がやさしそうに私たちを見つめていたわね。おやすみなさい。

二人の人生に乾杯

すばらしい一日が送れました。私の頭の中にしっかりと焼きついた今日の日でした。

同じ女として見ても、二人の女性の生き方はすばらしいとしか言いようがないわ。感動して泣いてしまいました。流れ落ちる涙をふくたびにまた泣いて……。

力強い面と弱い面、その両方をお互いが持ち合わせている人たちでした。一人の女性は生きたいように生き、そして恋をして、すばらしい歌を歌ってきた人でした。エネルギッシュなあの歌が、小柄な彼女の体からどうして生まれてくるのか信じられないくらいでした。したたかに生きてきた彼女も、常に男性がいないと生きてはいけないのと言っていました。淋しがり屋なのね。

好きだなあ、あんな生き方。女であるがゆえの喜びやせつなさも、すべて男とともに生き続けて見出したもの。ほんとうの愛を見つけるまで歌い続け、やっと巡り合った最愛の人。でもその人を亡くして気持ちがボロボロになりながらも、再びすばらしい愛の讃歌を生み出した。「もう後悔しない」という歌詞の、二つの異なる曲がそのすばらしい声で力強く歌われたのです。心に訴えかけてくるような曲に感動してしまいました。命つきるまで歌い続けたいと言う彼女でしたが、なんだか私もシャンソンが好きになりそうです。

もう一人の女性は、体がデカいというだけで周りの人たちに良く思われず、心を深く傷つけられたという人でした。でも、その人たちを絶対見返してやるんだとの強い意志を持ち、がんばって幸せをつかんだ人です。やはり彼女にも歌があったから、そこまでやれたということです。様々な苦しみやつらさを乗り越えて、今の彼女があるのだと思います。いい歌を歌い続け、一流の歌い手となった今、彼女のことを知らない人はいないでしょう。

同性として、この二人の女性に盛大な拍手を送りたいです。二人の人生に乾杯！　でも、考えれば私なんかまだ何一つつかんでいないんだなあ……。

貴方にもこの感動を伝えたくて電話したの。だってすばらしいことだし、うれしかったから。彼女たちのような人に巡り合えるような気もするわ。だからこそ、私も強く生きていきたいと思うの。でも努力しないと……。まだまだ足りないところがたくさんあるし。

彼女たちのように最高の人に巡り合い、女としてのやさしさや幸せを手に入れて、人生をよりすばらしいものにしているという意味では、私も貴方に巡り合ったわけだし同じなのね。感謝しています。

あの日の出会いが私を変えてくれたのね。だからこそ今の私があるのだから、ありがとうと言わせてください。愛してくれてありがとう。

私ももっとがんばらなくちゃね。今の私は、きっと自分に負けているのね。

貴方は仕事がんばってるし、私もがんばらなきゃ嫌われるわね。

とにかく、今日はすばらしい人に出会え、うれしくて胸がいっぱいです。いい夢が見られそうです。

おやすみなさい。

居場所

最近、人を信じることがこわいのです。「こんなことあり？」っていう人が多いのですよ。そういう人に接するたびに自分自身までイヤになっていくのです。突然口もきかなくなったりとか、無言のままあいさつもしなかったりとか……。どうしてそうなったのか私には思いあたらず、悩んでしまうのです。人様のことに干渉するのはタブーだと思っている私だし、そんな話など聞きたくもなかったのですよ。だって、それってかげ口かもしれないんですもの。なのに周りの人とゆずり合いをしたり、わかったふりして相づちを打ったりする人など見ていると悲しくなってしまいます。

だからついつい自分の居場所を本に求めたり、何かを書くのに夢中になったりするのです。これって逃避かもしれませんけど。

でも、なんだかんだ言っても自分が一番かわいいのかな――。こんなことを言うと貴方に怒られそうですけど。「人は人」と割り切って、もっと気軽に人に接していれば楽なのに、最初から気にしなければいいことなのにね。

人をキライになるってこわいことだけど、最近、人をキライになってきている私がいるの。心の中に、そんな気持ちが静かに忍び込んできたみたい。

疲れることだし、無理に人様に合わせたいとは思わない。でも、自分のやるべきことだけはきちんとやろうと思っています。あとは割り切ることで、気持ちも楽になるだろうから……。

今は仕事をしている時が一番充実しているから、周りに気をとられることなく、自分らしく仕事を続けていけばいいと思っています。時折過去を振り返るぐらいにしてね。ほんとうの私が見えるまで、私らしさをなくさないようにしたいと思います。

今日はちょっと一人で飲みたい気分の夜です。明日、またいいステップが踏めますように……。

おやすみ。

苛立ち

自分でもなぜだかわからないけれど、ほんの数分前までは幸せな気分だったはずなのに、今はゆれている。私ってこんなにもろかったのかって思うのです。お互いの気持ちがわからなくなってきたのです。私のわがままだとはわかってはいるのです。でも涙が流れてくるのはどうしようもない。貴方がいつも言うわがままって、「自分さえ良ければいい」ってことなのよね。

わかってはいたつもりでも、でもやっぱりつらいのです。淋しい日ばかりではないのだけれど、せめて少しでもいいから悲しくてやるせない、この私の気持ちわかってくれたら……。男の人にはわかってもらえないのかなあ。

自分でも頭の中では理解しているつもりなのよ。でも気持ちがついてこないの。それに人の気持ちなんて、一日やそこらで忘れられるものでもないでしょう。そんな軽いものでもないし、歌の文句みたいにはいかないもの。さんざん淋しい思い味わわせておいて、次の日にはもう忘れられているなんて……。とっても不満です。

ちゃんとした言葉で答えろよとか、私のわがままだっていつも言うけれど、でも面と向かってはなかなか言えなくて、勝手に一人で怒って一人で泣いてしまうのです。それに「私は女なのよ」って言うと「当たり前だろ」って言うし、なんだか疲れちゃった。

ちょっとだけ時間をください。私も自分のわがままを反省しています。ちょっと頭を冷さないと、いつもの繰り返しになってしまいます。

いつもいつもそばにいたいという私のわがままが、ついつい貴方を怒らせてしまうことはわかっています。でも、それっていつも貴方が言う「素直になれ」という言葉とはつながらないよね。もし逢いたいという気持ちがなくなり、ただ仕事仕事という毎日だったら悲しいわ。ケンカもしなくなって、ドキドキする胸のときめきもなくなったら、その時はもうそばにいてもしようがないでしょう。

でも、私にはそんなことはありえない。仕事も貴方も大事だし、貴方にもこの私の気持ちと同じでいてほしいと思っているのです。

泣きすぎて、もう涙も出ない、私だけのわがままな夜です。でも、明日は何事もなかったかのように、いつものように、仕事している私がいるのでしょうね。

おやすみ。

明日は晴れ

「おはよう」

私の大好きな朝の一言。二、三日前のことさえ忘れ、電話の向こうから響いてくる貴方の声が私の元気のもとなのです。

でもその気持ちも早くに切り替えて、仕事に没頭しています。

でも、つかめないのです。どうしてもつかめないでいるのです……。

貴方はがんばっているのにはずかしい。逢う時は、「がんばっているよ」って堂々と言いたいのに。でも今の私は私ではない。今の自分から抜け出さないと、つまったものを吐き出さないといけない。

貴方の前ではいい女でいたいし、素直でいたい。でも、いつも大切にしてもらっているから、いつも幸せだから、なおさら言えないの。仕事で落ち込んでいる、苦しいなんて。心の中が寒くなってきたわ。「温めて」って貴方にすがりたい。

明日もう一度トライしてみます。このままの状態で逢っても、心からは笑えないものね。貴方はこんな私をきっと見抜いてしまうだろうし、楽しくもなんともないよね。でも、もうすぐ逢えるようになると思います。

何事も一生懸命にやっている人が好きって、貴方いつも言ってるものね。がんばります。

時が止まれば

遅い時間に、一人缶ビールを空けています。まずい。飲みたくもなかったのに、時間を持て余し、なぜか飲んでしまいました。

お酒なんて、飲みたいと思った時にこそ飲むものかもしれませんね。全然おいしくなかったよ。ボーッとしているの。イヤなことなどもついつい思い出しちゃう。ついグチも言いたくなる。でもお酒との付き合いも、もう二十七年だものね。その酒にさえ「いい加減にしろ」って言われそうだけど、これからもいい付き合いをしていきたい。悲しい時もいつだって私のそばにいてくれるし、一緒に泣いてくれるものね。

ついイヤなことを思い出しちゃった。許したくない人のこと。自分でも不思議だけど、なぜか許せない人。いつもなら、忘れてしまっている人なのに。過ぎたことや過去は振り返らないようにしているつもりなのに、この人だけは今でも悔しいくらいに覚えているの。

私ももう少し大人だったらこんな思いはしなかったでしょうけど……。でも、相手も子供だったのね。お互いに責任があったのかもしれない。

でも悔しい。こんなことで酒を飲むなんて。こんな日とはもうサヨナラしよう。何もかもすべて流してしまって、しっかりとした私でいたい。こんな思いをいつまでも引きずっているなんてナンセンスだよね。バカみたい。そばには大事な友達や大切な人もいるんだし、今の私をしっかり見つめていてくれるんだもの。

私は、やっぱり仕事をしている時が一番楽しいな。たくさんの人たちに会えて、いっぱいの笑顔が見られて、ステキな場面に遭遇出来る。そんな時にこそ飲むお酒がいいって、いい顔してるって友達も言ってくれる。友達との会話、さりげないやさしさにふれてうれしい。たまにはケンカもするのだけれど、それだって気持ちが通じているからこそよね。

でも、信じ合うってむずかしいことですよね。お互い他人なんだけど、私自身が友達のこと信じていなければ、相手だって信じてはくれないと思うの。

――明日があることだし、焦らずにいこう。

今日の朝、ステキな出会いがあったのです。全然知らない女子高生から、「おはようございます」ってにこやかにあいさつされて、私も「おはよう」と応えたのです。すばらしい朝があったのに、何を思ってか、ホントにバカな私でした。あの子にだって悪いよね。

いい明日になりますように。

おやすみ。

抱きしめて

いつも繰り返し同じバカやってる私。

常に何かを期待したり、同情っぽかったり……。わかっているようでわかっていない私。今日もイヤな思いが残ってしまったの。

ふだんなら絶対人前では見せないのに、泣いてしまいました。母の写真と会話していても、とめどなく涙が流れてくるの。どこかで、母に助けを求めているのかしら。

つい気持ちばかり先走って、ひとり歩きしてしまうの。貴方からの電話がなかったり、忙しくて通じなかったりが続くと、つい投げやりになってしまいます。仕事のほうも、どこかでつまずいてしまったみたいだし、そんなこんなで何もかも忘れてしまいたいと思ってしまいました。まだまだ大人になりきれない私なのね。みにくい私が見えてしまうわ。

自分の気持ちとケンカして、負けてしまって眠れない日が続いていた頃、もしかしてあの日、一歩まちがえれば死んでいたかもしれないのです。薬を飲みすぎてしまって、朝目覚めた時、体が宙に浮いてるみたいで、歩くことも出来ず、はいつくばって動いたのでした。生きているのかさえわからないくらいでした。食べ物も受けつけず、水分をとってもすぐに吐くし、お腹《なか》もすかなかったのだけれど、やたらとのどが渇いていました。頭も重く、フラフラしていました。こわかった。ホント死ぬかと思いました。

かといって薬は手放せない。この体の痛みなど誰もわかってくれないだろうし、自分しか自覚出来ないこと。神経まで痛めていくみたい。

貴方にこの話をした時、「何も言えないよ」「バカか」と言われました。もっと薬の量を控えなければと思います。元気に生きられるようにならなければ。イライラをなくしてのんびりした気持ちでいないと、また薬に頼ってしまいますよね。

あの日は、私にとって教訓の日だったのかもしれません。そんな日があってはいけないよね。ごめんなさい。

大人への一歩

今日は夢のような朝を迎えました。

自分の精いっぱいの思いをぶっつけて、受け止めてくれたのがうれしかったです。心の底から受け入れてくれた貴方のやさしさに感謝です。たとえようもない、満ち足りた朝を迎えられました。その分、私のほうからも貴方に何かお返ししなければね。

苦しんだり、後悔したり、悩んだりしながらも、常に新たな勇気がわいてくるのですよ。人間っていいね。いろんなことが味わえるんだから……。それに、様々な模様も描けるのだから好きです。

泣きたかったら思いっきり泣いて、笑いたかったら笑って。でも、一緒にやっていける人がいるというのはいいね。私なんかとっても弱い部分があるから、支えてくれる貴方という人がいるのよね。貴方こそ私の支えなんだって思います。

外で様々な人たちとすれちがうけど、どの人もそれなりの生き方や考え方があって、皆一生懸命生きているんだよね。なかにはきっと強い人も弱い人もいるでしょう。話してみないとわからないけど、でも顔の表情を見ていれば多少はわかるよね。でも、表に出さない強い人もたまにはいます。

私は自然のままでいたいのです。いつも貴方の言う、素直な気持ちも大事にしたい。ただ自分がどれだけがんばっているのかなあと、たびたび思ってしまうけど、その時々に直面した現実に、そのつど対応していければなあって思っています。

そういえば、今日は年の離れた人たちだったけど、心も思いも通じる人に巡り合えました。すばらしいことでした。幸せもいっぱいもらって、とことん話し込みました。時間がたつのも忘れるほどでした。女性も男性も同じく楽しくお酒を飲んで、久しぶりに討論会みたいになって、ひとときを過ごしたのです。

お互いの目が何かを語り合っているようでした。その目の奥は無限大に広がっているようでした。「女としてしっかり生きろ」とも言われました。しみじみと味わった大人の世界。どの人も心の広い人ばかりでした。女も男も対等でした。余計な先入観はいらないのですね。要は自分の気持ちに正直になることですよね。

貴方も大人だし、心の広い人ですものね。だからこそ安心してついてこれたのよね。これからも変わらずにいてください。

有意義な一日でした。

おやすみ。

ひと休みください

今日はいいこと、イヤなこと、いろいろあった一日でした。

さわやかな朝を迎え、気持ちも晴々として、「今日もがんばろう」ってつぶやきながら、足どりも軽やかに仕事場に向かいました。

ふだんあまり気にもしないで通っていた道も、なぜか今日は新たな発見がありました。慣れ親しみすぎていたのか、忘れかけていた風景。こんなに自然がいっぱいあったなんて気づきませんでした。鳥や虫の声、道ばたの草ぐさ。歩くっていいことですよね。

車社会の今日では、立ちどまってゆっくりと周りを見回すことなんてないですものね。どこにどんな花が咲いているとか、家々も店舗もいつの間にか変わっていたのに気づかなかったりするものです。

でも仕事場に着くと、そんなことなどどこかに消えうせてしまいます。何かとにらめっこしている私がいました。そして昼過ぎ、耐えられないほどの激しい頭痛におそわれました。ガチャガチャと混雑する職場のあわただしさの中、苛立ってくる自分をどうすることも出来ませんでした。食欲もなくなってしまいました。

私がやろうとしたことがひっくり返されてしまったのです。いいと思ってやったことが一つ二つとくつがえされてしまったのです。自信をなくしてしまいました。〝自分はこんなことしか出来ないのかしら？〟などと思ってしまいます。どうしてこうなってしまったのかを整理していかなければ、どうしようもないようです。

そんななか、ほんの数十分寝てしまいました。でも、目覚めても何も浮かんできません。落ち込んでしまいました。頭が重くて疲れがどーっとおそってきたのです。

あれはなんだったのかしら……。久しぶりにラジオを聞いていて、流れてくる歌の音色が深い眠りを誘いました。薬に頼ってはいけないし、心を休め、明日また元気に仕事が出来るようにしなくては。

そういえば、電話が鳴ってたっけ。わかってはいたけど、「ごめんね」ってつぶやくだけでした。

心の葛藤

長い一週間がやっと終わろうとしています。私にとって、一人であることを最も感じさせられた日々でした。やり場のない淋しさと、むなしさ。かつての私にはありえなかった孤独感をしみじみ味わってしまいました。

何をすべきだったのでしょう——。何の解決法も見つけられなかったのです。自分だけの思い込みで落ち込んだりしていました。ひたすら自身を痛めつけるだけでは、なんの答えも見つけられませんよね。ついついこのつらい思いを貴方にぶつけてしまいました。聞き役に回ってくれた貴方から、「いい加減にしろよ」って言われている感じでした。

一週間なんて、あっという間に過ぎていくものですよね。何やってたんだろう私。一生懸命がんばっている貴方に嫌われてしまいますよね。何かにとりつかれたみたいにボーッとしていたり、無我夢中で夢を追いかけていたりする私です。

仕事がうまくいかずに苛立ち、あせって、皆に乗り遅れてしまった感じです。そんな自分が腹立たしい。私自身に問題があるのかもしれません。わかっているのです。だからこそ人恋しくなってしまうのです。ついついいじわるなこと言ってしまいました。思ってもいないことを口走ってしまったのです。ごめんなさい。やっぱり私がバカでした。

そんな私にも温かく見守ってくれる貴方という人がいるのですよね。こんなこと続けていたら幸せが逃げてっちゃうよね。反省しています。

帰り道、夕焼けがとてもきれいでした。ちょっぴり涙が出てきちゃいました。

燃えるような真っ赤な空に向かって、「ありがとう」って言いました。そんな私の気持ちに空も応えてくれているようでした。これって錯覚かしら？ でもいいじゃない。自分ではそう思えるのだから……。

どんな時でも人への感謝の気持ちは忘れてはいけないですよね。「ありがとう」の一言。貴方に対しては、いつも「ありがとう」「ごめんね」って言葉が口ぐせになってしまったようだけど、それでも「ごめんね」のほうが多いかな。

ちょっとでも前に進めれば幸せなのですが……。私ももっと成長しなくては。新たな発見も出来ますように。

いつもいつも反省に始まり、反省で終わる、といった日々から抜け出さない限り、私が私でなくなってしまうかもしれない。そんな日々にサヨナラ出来るような日がきたら、胸張って言い切りたいのです。「仕事している今が最高！」だと。

貴方には怒られるだろうけど、今の仕事には完璧さを求めていないのです。愛着もないのですよ。自分のやりたいことは別にあるのです。やりたい仕事に必死に取り組んで、時間を忘れるぐらいに打ち込みたい――。そんな仕事がしたいのです。現実にはむずかしいことだとは思うのですが……。

自分のためだけじゃなく、その仕事が他の人のためになるようなことをしたいのです。変な気遣いすることなく、思いのまま出来る、やりがいのある仕事に走り回っていたいのです。夢みたいな話だけど、夢で終わらせたくないのです。だって、たった一度の人生ですもの。

貴方はこの世界では大先輩なのですよね。貴方とは常にいい関係を保っていきたい。

明日もまた仕事がんばろう！

明日あたり逢いたいよ。無性に。

おやすみ。

ハッピーなひととき

秋深し　たんぽぽの花　遅れ咲き

久しぶりに早く目覚めた朝。気持ちいいなって思います。

一日一日があわただしく過ぎていく中で、数か月前のことを振り返っていました。あの時の行動は私らしくなかったなあって。今日のようなさわやかな空を見上げることも忘れていたのかもしれない。

幼い子供の頃のような純粋な心が、いつの間にか幻になっていたのでは……。

道ばたに咲いていたたんぽぽ。季節に乗り遅れまいと、精いっぱい咲いていていたたんぽぽ。あんなにもきれいな黄色い花。あわただしい中にいながらも、つい足をとめてしまいました。こんなところにも精いっぱい生きて、輝いているかれんな花がいたのです。むやみに摘み取ってはいけないよね。

――自分勝手な生き方は、周りの反発を受け、望まぬ事態を招きかねませんよね。

今日はたんぽぽのおかげで、心がウキウキしていました。ありがとう。進む道も生き方もちがうけれど、花にだって大切な命がやどっているのですよね。たんぽぽに負けないように、一生懸命生きないとはずかしいよね。一人でだってがんばって生きていけるよね。

すばらしい一日でした。皆が思い合って生きていければすばらしいよね。イヤなことばかりあるわけでもないのだし、こんなささやかな幸せも身近なところにあったんだって……、つくづく思った今日の日でした。

久しぶりの、私なりの五七五――。

色づいて　追いかけてくる　落葉なり

あつかんと　となり合わせの　おでんかな

感動ありがとう

朝はめっきり寒くなり、ちょっぴりつらくなりましたね。

今日は休みだったし、つい十時頃まで眠ってしまったけれど、貴方が早く起きたと聞いてびっくりしました。昨日は遅くまで出かけていたはずなのに、さすが仕事人ね。「雨でも降らないかしら」って言っちゃったけど、ごめんなさい。

久しぶりに逢えてうれしかったわ。付き合いの席を早めに抜け、逢ってくれてありがとう。貴方の顔をのぞき込んじゃったけど、うれしかったです。お腹がすいていたせいもあるけど、料理もとってもおいしかったね。ビールがお腹に染み渡って、ラーメンがスルスルと喉ごしよく入っていきました。やっと今日仕上がったパズルの話で盛り上がったよね。やっとの思いでさがし出したパズルだったから、うれしさも倍でした。私の感動が貴方にも伝わったかしら。

それに、一緒に見たあの映画のワンシーンが今も私の脳裏に鮮明に浮かんでくるのですよ。手に汗握り、流れる涙もとまらなかったよね。最高に幸せなひとときでした。だから余計に目に浮かぶのですよ、あの場面が。「また行こうね」とも約束してくれたからうれしかった。楽しみにしています。

明日はいい天気かなって思いながら、一人天井を見上げて、今度逢った時も思い思いの楽しい会話をしたいなって、ブツブツとつぶやいている私です。

おやすみ。

こだわり

今日は暖かい、心はずむような朝でした。何もかもがおだやかな日曜日。目覚めすっきりの朝だったけど、私とは反対に貴方は仕事中なんだから不思議ですよね。いつものことだけど、「おはよう」の一言で一日が始まりました。そして「おやすみ」で一日を終えるのですよね。これが私と貴方の日課。たわいもない会話にも、お互いのふだんの生活のようすがわかりますよね。カゼひいてたり体調悪い時とかは、会話の中で気づきますものね。体は大事です。お互い気遣って、「元気?」とか、一声かけることも大切ですよね。「今日は雨だよ」とか「天気いいよ」とかでもいいし……。

今は、外をながめながらコーヒーを飲んでいます。今日もいい一日でありますように、と味わって飲むこのひとときがうれしい。めずらしく、今日は食べ慣れないトーストを焼いての朝食です。でもやっぱり変。ごはんが恋しい。私って古いのかなあ。

そう言いながらもついつい食べ過ぎちゃったけど……、楽しい時間を過ごしています。こんな時ってあっという間に過ぎちゃう感じよね。気のすすまないことをやってる時って、やけに時間が長くて時計ばかり気になったりするから、おかしいよね。

こんな時、ホントにさりげなく電話したつもりだったのに、反対にかけた友達の相談ごとを聞く羽目になってしまいました。その友達からは、時には冷たい人って言われるけれど、はっきり言うってことも必要だよね。いつまでもいい関係でいたいからこそね。

窓をあけると、外の風がおいしい。夏に比べて日差しもやわらかい。風も日差しもこの季節は肌ざわりがよくて、うれしい気分になってしまいます。

突然思いついたのですが、ラーメンが食べたくなったのです。そう思ったら我慢出来なくて、思いっきり辛いラーメンを食べました。汗をポタポタ流しながらね。でもおいしかった。匂い届いたかな？

夕暮れ時を迎えました。この時間はなぜか一人でいるのは淋しいね。思いっきりもの思いにふけっていると、泣きたくなって涙がとめどなく流れちゃったりして……。「何やってんの？」って、もう一人の私がつぶやくのだけれど、しばらくするとなぜかスーッとして、すっきりした気持ちになるのです。やっぱりおかしい？　貴方の言う通りかもね。

やがてきれいな三日月が出てきました。でも、私はなぜかこの三日月が苦手なのですよ。今まで何度となく経験した別れの日に、不思議だけど決まって三日月が出ていたのです。偶然なのかもしれないけど。
もう夢心地。眠ることにします。
おやすみ。

弱い部分だけ一人歩き

またやっちゃった。

自分らしくない日を過ごしてしまいました。どうしようもないバカね。みじめで苦しい一日がやっと終わろうとしています。いや、自分で終わらせたのかもしれません。心がゆれ動いています。一人歩きしていたみたい。自分で勝手に思い込み、一人悩んで……。そんな自分が情けなかった。

朝から気分が悪かったこともあるけど、どうしても許せなかったのです。でも、つまずいて足元からくずおれていく自分がみじめだった。こんな時、ふとイヤな自分が見えてしまうのです。弱い自分がね。

私はいつも何を待っているんだろうって思うの。待っていたってなんの進歩もないのにね。わかっていたつもりなのに、相変わらずバカな私です。こんな長い長い一日。人との約束ごとなんてもうやめようと思う。こわれた時がこわいから……。ごめんね、これって逃げだよね。

でも、私の思いもちょっとはわかってほしいと思うのよ。面と向かっては言えないけど、心の中ではいつもそうつぶやいているの。そしてもっと周りの人間を大事にしてよとも思う。そうしてくれたらこちらも気が楽になるのに……。

やっぱりなんでも平気で話せる関係がいいよね。楽しいもの。でも、見かけはやさしそうな人でも、中味は全然冷たい人とかいるよね。

ナイーブな人ほど傷つきやすいけど、そんな人と接するとほっとするわ。理解し合える感じ。友達の中に、何がなんでも自分の言うことが絶対だって言い切る人が一人いるの。まあ、その人とはそれなりの距離をおいて友達付き合いしてるけど、そんな人のアドバイスがたまに納得出来たりすることがあるからびっくりよね。楽しくさえあるのです。

わがままな人も多くて、相手の考えや生活習慣など完全に無視して、自分の思いだけを一方的に話したりする人もいるけど、それはどうかと思うよね。言葉の一つひとつを大事にしたい。相手がどう思うかなあってことは常に頭に入れておきたいです。

――いろんなことを改めて考えさせられた一日でした。やっと、ちょっとだけ心の中がスーッとした感じです。私だけ一人ぼっちってわけではないのだし……。許してあげよう。

だって、コーヒーを飲むのだってミルクも砂糖も入れる人もいれば、私みたいにブラックで飲む人間だっているのだし……。たまたま好みがそうだったってことだけよね。

これからの一週間、笑って過ごせたらいいな。ゆっくりと、流れる時間さえ忘れられるような一週間であってほしいわ。常に私に勇気と幸せを与えてくれる一日一日であってほしいな。

でも、時には悩んで涙する日があるかも……。その繰り返しであっても、案外それが私らしいのかもしれない。変化があっていいのかも。

こんなバカが一人ぐらいいても、神様怒らないよね。バカを相手にしている人には気の毒だけど……。「かわいそう」って同情されてたりしてね。

とにもかくにも、ステキな人に巡り合いたいです。そして、その人を大切にしていきたい。心の広い人、やさしい人に「ありがとう」と、口に出して言いたいです。

長い長い一日に、おやすみ。

追伸　あのパズル、やっとのりづけも終り、完成しました。

そばにいて

あわただしい一日が終わりました。一人忙しかったような日でした。それでいて、気の重い日でもあったのです。カゼでもひいたのか、ぐったりと疲れてしまいました。こんな時は休んで寝ていればいいと思うんだけど、無理してしまったみたいです。

無性に貴方に逢いたかった。電話で「逢いたい」と言いかけてやめてしまいました。心配させて、反対に怒られそうだったから。それに、引きつったような顔を見せるのもイヤだったしね。

今日の私はやっぱり変。「いつもだろ」なんて言わないでね。まあ、いつものことではあるんだけど……。

薬も飲まずに、今日はビールを飲んでしまいました。なぜか飲みたい心境だったのです。仕事にすごい重荷を感じて、一日イライラしていたから、このまじゃ眠れそうにないから飲んでしまったのです。

それに、もう一つ気になることがあるのです。貴方に言うと怒られるかな？実は、私はなんとも思っていない人なのですが、ある人から勝手に思われてしまったようなのです。あまり好きでもない人から、じっと見つめられるなんて気持ち悪いですよね。だんだんこわくなってきました。目線を感じるものだから、わざと目をそらしていました。相手には悪いとは思うけど、やっぱりはっきり言ったほうがいいよね。相手にだって悪いし。

こんなことで一人悩んでいたら、気持ちが通じたのか貴方から電話をもらいました。うれしかったです。貴方もやっぱり、はっきりしたほうが相手にとってもいい、と言ってくれましたね。

でもうれしいな。久しぶりにデート出来るのね。それまでに、早くカゼを治さなければ。「こんな時酒なんか飲んで。早く寝ろ」って、やっぱり怒られてしまいました。そうだよね。わかりきったことなのに、ごめんなさい。でも貴方の声を聞けたから、ぐっすり眠れそうです。

——逢っている時はいつも手を握っているせいか、その日の貴方の体調がわかるんですよ。冷たかったり温かかったりして……。

逢えると思うと、久しぶりに笑みがこぼれてきます。まるで子供みたいにはしゃいでいます。貴方はいつもニコニコしてるね。そんな貴方に、やっぱり「いい顔してる」って言われたいものね。それまでに体調良くしておかなきゃ。

明日もまた仕事がんばろう。カゼなんかひいてられない。

明日はいい天気だといいね。ほんとうにありがとう。心配かけちゃったけど、もう大丈夫です。
おやすみ。

やさしいけど好き

よく寝たって感じです。心満ち足りていたせいか、ぐっすり眠れました。十時間もです。

ついつい飲みすぎてしまったけど、貴方と飲むお酒はとっても楽しい。変わらずに、いつもやさしく私を見てくれていることがうれしい。たまには甘えん坊になる貴方だけど、まるで子供みたいにいとおしくなってしまうのですよ。一緒にいられるって幸せなことよね。

久しぶりにワインを飲んだけど、おいしいお酒を飲んで、おいしい料理を食べるのって最高よね。「今度映画でも見に行こうか」って言ってくれたけど、当然返事は「楽しみにしてるわ」でした。二人でいる時間を大事にしたいね。一分一秒でも長く貴方のそばにいたいの。

貴方から、「変わったね」って言われたけど、思えば私は変わったのかもしれません。貴方を好きになったから……。貴方を好きになればなるほど、「おやすみ」とか「またね」って一言を言うのがつらくなってきました。貴方を困らせたりします。

お互いわかりきったことなのに、ちゃんとお互いの立場をわかり合っているはずなのに、つらいのです。でも、人を好きになるというのはとってもいいことですよね。貴方を知れば知るほど好きになっていきます。こんなこと、私だけ言うのは悔しいから、今度は貴方から言われるようにしたいわ。

そういえば昨日の話だけど、貴方はやさしすぎるから妬む人がいるのかもよ。私にもまぶしい人なんだから、同性から見ても同じだと思うわ。

おやすみなさい。

最高のパートナー

幸せって、ほんの一瞬なんだなあ。時間がたつのが早すぎて、もっとゆっくり進んでよって言いたかったです。

久しぶりの遠出、ゆっくりしたね。失敗もあったけど……。ごめんね。今でもあの時の、貴方の怒った顔が浮かんできます。でも、二日目はやさしい目をしてくれたから良かった。

二人で飲んだ朝のコーヒーは、やっぱり一番おいしかった。久しぶりに二日もデート出来たし、のんびりとした旅をしたって感じだったわね。それに、カレーライスもおいしかったね。思わず「なつかしい」って言ったよね。

映画も見られたし……。思わず握っていた手が汗ばんでくるのがわかったでしょう。手もふるえてきたけど、貴方は身じろぎもしなかったわね。だまって私の手を握ったまま、時々は笑みも見せてくれた。なのに私ったら、こわさと驚きでたいへんでした。終わってても興奮してたっけ。

私たち、お互い感じることとか共通してるよね。食事だって、きれいとかを目で感じ、おいしいとかを舌で感じる感覚とかがね。

――窓の外から見える夕陽がきれいだったから、つい貴方におしえてあげたくて電話してしまいました。同じ思いでいてくれた時はうれしくて、思わずニヤニヤしてしまいます。

貴方が常にそばにいなくったって、通じるものがあるからほっとするのかもしれません。心に安心感が生まれるのです。私が私らしく生活出来るのも、貴方という最高のパートナーがいるからかもね。これからも、この関係を大切にしていこうね。

今日は歩き疲れました。貴方もそうだという目をしていたから気になっていました。でも、「元気だよ」って言ってくれたから良かった。

おやすみ。

時間ください

時間がたつのが早いな。特にここ数年早いと感じるようになりました。

ここ二、三日、また気持ちが不安定で、気力も失せてしまった感じです。無性に誰かにすがりたいとさえ思うのです。受け止めてほしい、この私をと。

どうしたらいいのかわからないのだけれど、周りの空気にどうしてもなじめないのです。やることがことごとく空回りしているようで、つらいというか、苦しいのです。通い合わないのです、心が。胸が痛くなります。

こんな時に限って電話も通じないし、苛立ってしまいます。私の気持ちが伝わらないのかと思うと悲しいです。なぜ一人で酒なんか飲まなきゃいけないのか。まずい酒を口にふくむたびに、いっそう暗くなるのです。「助けてよ」ってすがりつきたかったのかもしれません。

勝手に酒飲んで、一人苦しんでいるのだし、こんなこと他人にとってはどうでもいいことなのかもしれないけど……。酒なんて一人で飲むものじゃないわね。誰かと飲むからこそおいしいのよね。

この頃またすれ違いが多いですね。そう感じるのは私だけかしら？　やっぱり貴方の言うように、私ってバカなのかも。そのうち「タコッ」って言われそう。でも、ちょっとでいいから時間を作ってください。私にわがまま言わせてください。

——最近こわい夢を見るの。何かに怯え、逃げ回る自分の姿を鮮明に覚えているの。

私は部屋が暗いと寝られないけど、貴方は反対よね。その部屋で自身の体を抱きしめて、眠る日もあるのですよ。笑われるかもしれないけど、そうしているると安心出来るの。

疲れがどっと出てきたから、その明るい部屋で今日のところは眠ることにいたします。でも不安で、明日がくるのがこわい感じです。

目をつぶってしまうと深い世界に入り込んでしまい、またこわい夢を見るような気がするけれど、だんだんと目が重くうつろになってきました。がんばって起きてたけど、もう睡魔に負けそう。

おやすみ。

ひとりのクリスマス

楽しいはずの日だったのに、生まれて初めてひとりぼっちで迎えたクリスマスの夜。涙がとまらず、寝ていても耳の中まで涙が流れ落ちてきます。「いいじゃないの」って思っている私もいるのだけれど、もうひとりの私が淋しさに耐えきれず泣いています。

でも世の中にはたくさんいるわよね、クリスマスをひとりで迎えた人なんて。みんな泣いてなんかいないのかな。私なんか弱虫って言われそうだわね。

貴方は今頃何しているのかしら。仕事に決まってるわよね。忙しくて、クリスマスなんて言ってる時じゃないのよね。仕方ないよね。でも、去年は一緒にクリスマスしたよね。

世の中には、クリスマスの日だって仕事をしている人もたくさんいるのよね。それに、いつだってひとりぼっちって人もきっといるわよね。

ワインでも飲もうと思ったけど、ひとりじゃつまんない……。誰もいない部屋で、ひとりグチ言っている私がいます。でもこんな気持ち、私の心の中だけにしまっておきます。たまたま今日はひとりだからって、悲しんでばかりいちゃいけないよね。

こんなことじゃ、仕事を終えて毎日電話くれる貴方に悪いよね。でも貴方の帰るコールを聞いて、やっと私の一日も終わるのですよ。その時こそ、今日も幸せだったなって感じるのです。たとえ数分でも、貴方の声を聞けるだけでうれしいの。ひとりぼっちじゃないんだなって思えるのですよ。

電話越しの「メリー・クリスマス！」

おやすみ。

ひとりの楽しみ

朝寝坊してしまいました。昨夜飲んでしまったからかしら。朝ご飯も、いつもよりは遅くとったんだけど、お腹もすいていなかったの。朝のコーヒーを飲んでいる時、横着してて体をねじってしまい、腰に痛みが走りました。とうとう一日中、「痛い、痛い」と言っていました。気をつけていたはずなのに、またやってしまったって感じです。

外は暖かかったのに、家の中にいるのがもどかしかった。でも、いろいろのことがあった一日でした。

貴方からの電話がせめてものなぐさめです。貴方と話していると楽しくて、とってもうれしい気分になりました。私のためにスケジュールを合わせてくれてありがとう。とても楽しみです。

今日は夕陽がきれいでしたよ。夜はまた三日月がくっきりと鮮やかに見えています。見とれてしまいます。ついはしゃいでしまったけど、貴方が笑ってるように思えました。

明日もまた、元気にがんばろう！　貴方を見習って！

おやすみ。

いっぱいありがとう

とうとう一九九九年も終わろうとしています。

相変わらず年越しも一人ぼっちだけど、泣かないわ。せめて最後の日ぐらい自分らしく締めたい。一人のんびりお酒飲みながら、しんみりと今年一年を振り返りたいのです。こんな時ってあんまりなかったっけ。いつも誰かがいたものね。

過ぎ去った月日は取り返すことは出来ないけれど、せめて最後だけでも悔いのない日にしたい。そしてこの一年の最後を見届けよう。

そして、二〇〇〇年の年を思いっきり幸せな気持ちで迎えたい。何かを絶対に見つけられるように、満足感が味わえるように……。それを全身で受け止めたい。すばらしい未来が見えてくるようです。

カウント・ダウンが始まりました。五、四、三、二、一。

おめでとう。二〇〇〇年の幕開けです。今のこの瞬間を、あなたはどうしていますか？　同じ気持ちでいてくれるかしら？　幸せの涙がちょっぴりにじんできました。

今日からは、きっといい日が始まるよね。貴方とはケンカもするだろうけど、明日がきっといい日でありますように。おしえてくれましたよね、一日一日を一生懸命生きること。素直でいること。これからも、その日その日を幸せに過ごせるように、生きていこうと思っています。

そして、今年はなるたけ泣かないように気をつけます。一歩ずつ努力して、貴方を困らせないようにしたいと思います。でも、ちょっぴりは私のわがまま許してね。

今年はしっかりとした目標を立てて、それに向かってがんばります。貴方もがんばっているのだしね。あとは、もっといい女でいたいなと思います。輝いていたい。貴方のそばにずっといられる幸せを、素直に喜びかみしめていたい。貴方と行った初めての初詣のことを思い出しています。そっと胸に手をあて、静かにあの時の余韻にひたっています。今年は今まで以上にすばらしい年になりますようにと祈ったのでした。

元旦の朝、亡き人を思って線香をたきました。その香りが部屋にただよい心地いい。静かな、心おだやかなひとときを過ごしていました。〝おめでとう〟と亡き人に向かってつぶやきながら……。

朝一番の貴方のラブコールはとてもうれしかったです。「おめでとう」と、ただそれだけでうれしかった。貴方の電話が誰よりも早かったのですよ。それがまた一番うれしかったの。これでもう、今日一日一人でいたって淋しくない。貴方がそばにいる気がするから、安心していられるんですもの。今年初の幸せ気分。この思いを大事にしたいよね。

これからもよろしくね。

不信感

貴方にどうしても聞きたいことがあるの。人を信じるってこんなに苦しいことなの?

悔しいのです。今までも、信じては裏切られてきましたが、男なら、約束ぐらい守ってよって言いたいのです。

自分から、「あとから電話します」と言っておいて、してこない。それが一回ではないの。私はそのつど確認の電話をするんだけど、そのたびに「忘れてたよ。あとで必ずするから」って言うの。でもかかってはこない。

仕事の上でのことだから、気持ちを抑えてはいるけれど、私が男だったらきっと手が出てしまうと思うわ。私の周りには、こんな人が多すぎる。男らしくない人が多いのです。情けない話です。

ふだん街を歩いていても、ついつい「あの人も……」なんて目で見てしまいます。いいことだとは思わないけど、でも、友達にはちゃんとしていてほしいと思います。こんな気持ち、仕事に責任感を持たない人にはわかってもらえないかもしれないけどね。なーなーで仕事している人の口約束などいい加減なものなのかもしれません。そういう人は、こちらの気持ちなんて考えもしないのかも。

大好きな貴方がきちんとした人で良かったと思います。これ本音よ。貴方は一度約束したらきちんと守る人だものね。私が守らない時と、怒ることもあるものね。でも、それって当たり前のことよね。

今年こそはって思っていたのに……。「キレる」って言葉あまり好きではないけど、つい頭にきちゃってキレてしまいました。

人の上に立っている人でさえ約束守れないのだから、やってられません。自分で言ったことに責任とれないのだから……、いったい誰が責任をとるっていうのかしら。出来る出来ないの問題は別にして、逃げないできちんと返事ほしいと思うのは、私のわがままかしら？

貴方はどう思う？　もしかして、これって無理難題？

常にこんな日々を送っているのが、私にとって果たしていい生き方なのか疑問です。でも、今年はこんなことなど考えながら仕事をしていきたいと思っています。逃げることなく、自分と向き合って仕事をこなしていきたいのです。

道のりは遠いけど、やりたいことがあるのだから……。今の私にとって何が一番必要なのだろうって常に考えながらやっていきたいのです。そして、自分を必要としてくれる仕事こそ大事なんだって思うから、無我夢中でがんばりたい。それなら、多分つらくても耐えられると思うの。

貴方には、「またか」って言われるでしょうね。いつも悩んでばかりいる私だからね。でも、貴方がいるからこそ悩んだり、泣いたりもするのですよ。しっかりと受け止めてくれる貴方がいるからこそなのです。いつだって抱きしめてくれるでしょう。

大切な人がいるということは、すばらしいことだと思います。お互いを思いやる心が生まれるもの。いとおしくなるのですよ。男、女に関係なく、いつだってそうありたいと思っています。

今日だって、約束守れなかったあの人には、きっと思いやりの心が不足してるのよね。いつもの慣れで日常を送る人は、周りの人を大切にする気持ちを忘れているのかもしれません。

でも、そんな人と仕事を続けていくには、私も待ってばかりいちゃダメなのよね。時には自分からぶつかっていかないとね。でも、私ももう少し心に余裕を持って、そういう人にもやさしくしてあげなければと思います。

でも貴方は絶対言うよね、「周りの人にあまりやさしくするな。誤解されるから」って。でもね、私だって同じ言葉、貴方に言いたいのよ——。

今日はごめんね。グチこぼしてしまいました。

おやすみ。

無性に会いたい

めずらしくぐっすりと寝て、すっきりとした朝を迎えました。窓からさす日差しも、今日の私みたいにすっきりとしています。きっと、これが幸せってことよね。貴方のぬくもりと同じで暖かいのです。

電話の向こうから聞こえてくる貴方の声は、今日一日の私の元気のもと。顔が見られるわけではないけれど、声だけで貴方の今日の体調がわかるのですよ。とてもさわやかな顔してるでしょ。忙しそうにしていたけど、私はただ「がんばってね」としか言えませんでした。

貴方からも、時々「今日はいい顔しているよ」って言ってもらうけど、そんな日は一日いい顔していられるのですよ。幸せなの。貴方にとってもいい一日でありますように、と願っています。忙しいのがわかっているから口には出さなかったけど、こんな日は無性に会いたくなるのです。貴方も同じ思いでいてくれるといいな。

最近思うことだけど、貴方に出会ってからあっという間に長い月日が過ぎたけど、お互い最初の頃とちっとも変わってないよね。同じ思いで貴方を見つめてきた私だけど、そばにいられるだけで幸せなのです。私の手の届くところにいつもいてくれる貴方が大好き。話さなくったって、お互い通じるものがあるしね。

でも世間には、わかり合っているのだからあえて口には出さないっていう男女が多いようだけど、やっぱり口に出して言わないと伝わらないことだってあるよね。貴方もテレるからって、意外と言わなかったりするよね。でも私は言われるほうがうれしいな。言ってくれるほうがワクワク胸さわいだりするもの。なかなか寝つけそうにないこんな日は、長い夜になりそうです。こんな時に限ってよからぬ夢を見てしまうのですよ。こんな話すると、貴方はニヤニヤと笑い、困った顔をするよね。おかしな二人だね。

でも、今日は快い一日だったから、見る夢も明日になったら覚えてないかもしれない。さて、缶ビールでも飲んでぐっすり眠ることにします。

明日はまた忙しい一日が待ってることだし、なるようにしかならないのだし、精いっぱいがんばろう！　まるで貴方の口ぐせと同じになっちゃった。

貴方がまだ仕事しているのをつい忘れちゃってた。ごめんね。

今夜は久しぶりにピンクのマニキュアをぬっています。「きれい」って言ってくれるかなあ。帰るコールの時、貴方がどんな顔をするか楽しみだな。

いつまでもときめいて

今日の朝はいつになくいい天気。思いっきり背のびしたら気持ちが良かった。電話の声もはずんでいるねって言われうれしかったわ。「こっちまで元気になっちゃうよ」って言われて、つい「ありがとう」って言っちゃった。それに、「今日逢いたい」って素直に言えたもの。電話の向うの貴方もうれしそうにうなずいていたのが見えるようでした。

ふと空を見上げると、流れる雲が貴方の顔に似ていました。今日はとってもいい一日かもしれません。がんばろう。鏡の中の私にも「ありがとう。がんばるから」ってささやきました。昨日までのたいへんさが、みんな消えていく感じでした。

ふだんの生活の中でもいろいろな出来事があって、泣いたり怒ったりもするけれど、でも一人じゃないからこうして幸せでいられるのよね。貴方に感謝、感謝です。

ここ数年二人で考えてきたこととか、旅行に行きたいって願いとか、お互いの思いをたくさん語り合ってきたけれど、こんなに幸せでいいのかなあって感じるのですよ。

たとえば旅行だってみんなすばらしかった。あんなにもウキウキして眠れなかったことって初めてだった。天気にもめぐまれたし、貴方にはほんとうにありがとうって言いたい。幸せです。

あの時も、周りの景色もとってもきれいで良かったね。空に浮かんでいた二つの雲が仲良くただよっていて、「まるで私たちみたいね」って言ったら、貴方は笑いながらうなずいてくれたっけ。たどり着いたところも静かな場所で、散歩でもしたい気分だったね。おいしいものを食べて、おいしいお酒も飲んだし、ほろ酔い気分で温泉にも入ったし、最高だったね。

「二人だけのこの時間と空間がいつまでも続きますように」と祈りながら朝を迎えましたけど、朝早く目覚めたら、川の流れる音が大きいのでびっくりでした。貴方はまだ夢の中にいたけれど、さわぐ私のそばでまた寝てしまいましたよね。

でも起きた時、タバコ吸いながら私の耳元に「おはよう」って声をかけてくれました。ステキな一日がまた始まるのだと思うとうれしかったです。今日はどこに行こうか、と二人で話し合う時も幸せでした。

朝ご飯もおいしかったね。ついついおかわりもしたし、貴方の満足げな顔を見たら、私も幸せな気分になりました。二人だけの旅を続けるため早めに出発しましたけど、空気がおいしかったね。道ばたの花もとってもきれいだった。でも走った道路の名が、なぜか実際と不釣合で笑っちゃったよね。そんな何もかもがうれしくて、とっても幸せでした。貴方も「良かったね」って、精いっぱいうれしそうな表情を見せてくれました。

とにかくうれしくて、一緒にいる時間がずーっと続きますようにと願っていました。そして最高の思い出をくれてありがとうって、心の中でつぶやいていました。

これからもずっと貴方とともに生きていきたい。たまにはケンカもするけれど、いつだって私一人怒られてもいるけれど、温かい心でいつも見つめてくれる貴方だから安心していられるのです。貴方がよく口にする「オレだからいいんだ」って言葉、ホントにそうですよね。素直にありがとうと言わせてもらいます。

今回の旅で貴方のことをもっともっと、いっぱい好きになったみたいです。

それに、何年後かにまたどこかに行きたいね、と言ってくれたのもうれしかったです。

最高の思い出に「乾杯！」、そして「ありがとう」。明日からまたお互いに仕事がんばりましょうね。今夜は旅の夢が見られますように……。

おやすみ。

あとがき

長い間あたためてきた想いをやっと一冊の本にできたこと、うれしく思います。

一九九九年のはじめから一年半ぐらいかけて、私なりに素直に一人の女性として書き綴った恋文。

若かりし頃に一度ぐらいの経験はあったかと思うのですが、ラブレターというのを、もしくはそれに似た形を、私も胸ときめいて書いては破ったりもして、やっとの思いで出したものです。なかなかうまく書けなかったり、思うように気持ちが伝わらず時が流れて、自然に消えたりも………。

必ずしも出さなくていい。心の熱い思いは自分だけの楽しみでもいいのでは、と思う。片思いでもお互い好き同士でも、夫婦でもいいじゃない？　いつまでもときめく心、想いは大切なのでは……？　面と向かって言えないけど、手紙なら素直になれるし、自然に好きって言えるのでは……？

　思いっきり表現することで、毎日が楽しく幸せになれそうな気がするのです。だって、自分の想いを綴る時間というのは、自分しか知らないひとときだもの。

　どんなに時代が変わっても変わらないもの。それはときめき。そんなときめきを大切にしたいですね。たとえケンカしても、気持ちが伝わらず悩んでいても、素直でいたい。だって感じていることを無理に否定することはない。自分のために素直に生きていきたいから。いつかときめきを感じ取ってくれる日まで書き綴ってみては……？　私もそうありたいと思ってます。

　本書のどこかに私の思いを感じ取っていただけたらうれしいです。そして出版にあたって協力してくださったみなさんに深く感謝します。

二〇〇二年六月　　　　　　　　　　　　　　　　　　　柏崎　深雪

著者プロフィール
柏崎 深雪（かしわざき みゆき）
1953年秋田県生まれ。
現在茨城県内の保険会社に勤務。

ブルーのときめき

2002年8月15日　初版第1刷発行

著　者　柏崎 深雪
発行者　瓜谷 綱延
発行所　株式会社 文芸社
〒160-0022 東京都新宿区新宿1-10-1
電話 03-5369-3060（編集）
03-5369-2299（販売）
振替 00190-8-728265

印刷所　株式会社 平河工業社

ISBN4-8355-4228-2 C0095